EOIN COLFER

PÂNICO NA ESTRADA

Tradução de
Ryta Vinagre

Ilustrações de
Tony Ross

CB009541

CIP-BRASIL. CATALOGAÇÃO-NA-FONTE
SINDICATO NACIONAL DOS EDITORES DE LIVROS, RJ

C978p

Colfer, Eoin
    Pânico na estrada / Eoin Colfer; tradução Marcelo Linno. - Rio de Janeiro:
Galerinha Record, 2010.
    Tradução de: The legend of the worst boy in the world
    ISBN 978-85-01-07874-2

    1. Literatura infantojuvenil. I. Título.

10-4097
CDD: 028.5
CDU: 087.5

Título original em inglês:
The legend of the worst boy in the world

Copyright de texto © Eoin Colfer, 2007
Copyright de ilustrações © Tony Ross, 2007

Os direitos morais do autor e do ilustrador foram assegurados.

Adaptação de design de miolo e capa: Renata Vidal da Cunha

Texto revisado pelo novo Acordo Ortográfico da Língua Portuguesa.

Direitos exclusivos de publicação em língua portuguesa
somente para o Brasil adquiridos pela
EDITORA RECORD LTDA.
Rua Argentina 171 - Rio de Janeiro, RJ - 20921-380 - Tel.: 2585-2000
que se reserva a propriedade literária desta tradução

Impresso no Brasil

ISBN 978-85-01-07874-2

Seja um leitor preferencial Record.
Cadastre-se e receba informações sobre
nossos lançamentos e nossas promoções.
Atendimento e venda direta ao leitor:
mdireto@record.com.br ou (21) 2585-2002.

Para Finn e Seán,
os melhores meninos do mundo

SUMÁRIO

Capítulo 1

Não é justo

Eu tenho quatro irmãos, e eles estão sempre reclamando de alguma coisa. Quando tenho um problema e procuro minha mãe para conversar, geralmente encontro dois irmãos na minha frente na fila, reclamando de alguma coisa totalmente idiota. Eu posso estar com um problema de verdade, como um pedacinho de pele solta perto da unha ou uma meia que não consigo encontrar, e lá estão eles fazendo minha mãe perder tempo com bobagens como o rosto sujo de geleia ou um suéter vestido de trás pra frente.

Meus quatro irmãos têm seus problemas favoritos, e fazem questão de se queixar deles pelo menos uma vez por dia. Mamãe chama esses problemas de *cavalos de batalha*. Toda vez que eles começam a resmungar por causa desses problemas, Papai começa a imitar sons de cavalo e faz uma cara de "lá vamos nós outra vez", mas Mamãe sempre escuta porque é nossa mãe.

Marcos é meu irmão mais velho, e o cavalo de batalha dele é dizer que nunca pode fazer nada, que se sente como se estivesse numa prisão.

– Por que eu não posso ter uma moto? – ele vive se queixando. – Já tenho 10 anos, e 10 já é quase 16. Com um capacete, a polícia nunca vai perceber.

Ou outro, que é:

– Por que não posso ter uma mesa de sinuca de verdade na garagem? Lá só tem um monte de ferramenta velha e um carro, nada de importante. Eu pago o preço da mesa de sinuca assim que eu virar um jogador de futebol famoso.

Papai às vezes entra em algum cômodo só para ouvir Marcos reclamar de alguma coisa. Ele diz que Marcos é muito mais divertido do que qualquer programa de televisão.

– Mesa de sinuca? – Papai diz com uma risadinha. – Marcos, meu garoto, você está me matando de rir.

Isso não é o que Marcos quer ouvir, então ele sai correndo de cara amarrada. Uma vez, quando Marcos saiu correndo e depois voltou, Papai deu a ele um Oscar de papelão como prêmio de melhor ator.

Meu nome é Eduardo e sou o próximo da fila. Depois vem meu segundo irmão, Daniel, que tem como cavalo de batalha o cabelo. Por mais que Mamãe o lave ou penteie, ele acha que sempre tem algo de errado.

– Está arrepiado na nuca, mãe. – E Mamãe achata os cabelos da nuca.

– Pronto, Daniel, pode ir.

– Ainda está arrepiado, mãe.

– Não está, não. Você está tendo alucinações capilares, Daniel. Agora trate de ir andando ou vai se atrasar para a escola.

– Estou vendo um cabelo arrepiado. Está lá, com certeza. As garotas vão ver e me botar um apelido. Ouriço, é como vão me chamar. Vai ser horrível.

Então, Mamãe pega uma garrafa d'água e joga um borrifo na cabeça de Daniel.

– Melhorou?

– Acho que sim.

Isso acontece dia sim, dia não. Nos outros dias, Daniel quer que o cabelo fique arrepiado, porque acha que assim é descolado.

Os irmãos números 3 e 4, Bruno e JC, inventaram palavras ultranovas para poder se queixar com mais eficiência. A palavra nova de Bruno é "posspegá", como por exemplo em:

– Posspegá um chocolate?

– Antes do jantar, não, querido – diz a Mamãe.

– Posspegá um pedacinho, só um pedacinho?

– Não, querido. O jantar já está quase pronto.

– Posspegá um saquinho de batata, então?

– Acho que você não está entendendo, Bruno. Nada de doces nem de salgadinhos antes do jantar.

– Posspegá balas para a garganta?

– Balas para a garganta também são doces, querido.

Mamãe tem muita paciência. Papai só aguenta dois "posspegá" antes de ficar irritado.

JC é o mais novo e detesta ser o bebê da casa. A palavra que ele inventou para reclamar disso é "né-justo", como em:

– Né-justo. A mãe do Cris deixou ele raspar a cabeça e agora ele parece que tem no mínimo 5 anos e meio.

Ele disse isso uma tarde, depois de algumas horas no pré-escolar.

– Não sou responsável pelo Cris – Mamãe disse. – Só sou responsável por você. E nada de cabeça raspada.

– Né-justo – uivou JC. – O Beto tem uma tatuagem de transfer, igual às dos garotos grandes.

– Nada de tatuagem de transfer. Já falamos sobre isso.

– Né-justo – resmungou JC, e continuou: – Então que tal um brinco? Um monte de gente usa brinco. Né-justo eu não ter um.

– A vida às vezes não é justa – Mamãe disse, e depois abraçou JC até ele começar a chupar o dedo. Dois minutos depois ele estava ferrado no sono.

Às vezes JC fala dormindo. Adivinhe o que ele diz...

Toda essa reclamação significa que, quando eu e Marcos chegamos da escola com nossos problemas, geralmente um irmão menor já está pendurado em cada perna da Mamãe, resmungando sobre seus probleminhas de bebê. E mesmo que, por milagre, um dos joelhos esteja livre, a Mamãe já engatou o automático fazer-sim-com-a-cabeça. Isso acontece quando os adultos não ouvem realmente o que uma criança está dizendo; eles simplesmente fazem que sim com a cabeça a cada cinco segundos mais ou menos até a criança ir embora.

Por isso, Marcos e eu decidimos que precisávamos encontrar outro adulto com quem falar dos nossos problemas. Papai era o alvo seguinte, mas às vezes ele fica até tarde no trabalho e só o vemos antes de ir para a cama. Marcos calculou que o Papai só tinha tempo para as reclamações de uma pessoa, e essa pessoa seria o próprio Papai. Então, eu tive que escolher outra pessoa. Alguém que fosse um bom ouvinte e tivesse muito tempo livre. Eu conhecia essa pessoa.

O *Vovô*.

Capítulo 2

Vovô

Todo fim de semana, Papai nos põe no carro e dirige 45 quilômetros ao longo da costa até a casa dos pais *dele*. Nossos avós moram em uma cidadezinha no litoral, Duncade, que fica em um trecho de terra alta que avança pelo mar como se fosse a ponta de uma flecha da Idade da Pedra.

Vovô é um dos dois faroleiros de Duncade e mora com nossa vó em um apartamento no térreo. Quando eu crescer, pretendo assumir o trabalho do Vovô e morar na casa do farol. Vou pendurar um cartaz

na porta dizendo: PROIBIDA A ENTRA-DA DE IRMÃOS MAIS NOVOS. Também não vai poder entrar nenhuma menina, com exceção da minha mãe, que vai poder aparecer para fazer o jantar, lavar e outras coisas desse tipo.

Vovô já começou a me preparar para o trabalho. Todo sábado, nós dois subimos os 116 degraus até o topo do farol para limpar as lentes na lanterna. Vovô usa um cinto especial de lona com bolsos para o creme de polir, os paninhos e um cantil com água. No meu aniversário de 9 anos, Vovô fez um cinto para mim também.

– Aprendi a costurar na marinha mercante – ele explicou naquele dia, afivelando o cinto em volta da minha cintura. – Agora você é meu ajudante oficial.

Gosto de ser o ajudante oficial do Vovô porque é uma tarefa só minha. Marcos não ajuda porque não tem dinheiro envolvido, e meus irmãos mais novos não têm permissão para subir a estreita escada em caracol porque é perigoso demais.

Então, Vovô e eu subimos os degraus juntos. Eu conto todos, só para o caso de algum ter sumido. Mas o número é sempre o mesmo – 116 – se você contar o primeiro degrau, que é gigante, duas vezes.

– É o degrau gigante do Byrne Perna-de-Pau – Vovô me contou uma vez. – Todos os degraus costumavam ser grandes assim, até que Byrne Perna-de-Pau, um faroleiro que tinha uma perna de madeira, os reduziu, usando uma talhadeira. Ele começou lá de cima, e demorou trinta anos para fazer esse trabalho, mas, infelizmente, morreu antes de diminuir o último degrau. Tudo isso porque os degraus eram um pouco altos demais para ele.

É como se cada degrau tivesse uma história, e às vezes Vovô me conta todas elas antes de chegarmos lá em cima. Mas finalmente chegamos, e a primeira coisa que fazemos é pegar nossas garrafinhas e tomar um demorado gole d'água. Mas não demorado demais, porque, entre nós e o banheiro mais próximo, existem 116 degraus.

A lanterna é toda envidraçada, para a luz poder passar. Isso significa que qualquer pessoa dentro da lanterna tem uma vista fantástica do mar e do promontório. À nossa frente, filas de ondas brancas vêm deslizando do horizonte em nossa direção, e, atrás, o promontório atravessa o mar como uma linha cinza.

– Os americanos pagariam uma nota para ter uma vista como esta – diz Vovô. Ele repete isso todas, mas todas as vezes, e provavelmente tem razão.

Depois de um instante admirando a vista, subimos uma velha escada de madeira até a lâmpada em si. É como entrar num vaso de vidro gigante e, quando você está lá dentro, pode ter uma ideia de como um peixe-vermelho deve ver o mundo. As lentes aumentam tudo, de forma que até mesmo uma mosca pousada no vidro parece um monstro de olhos esbugalhados.

Um sábado, estando com o Vovô na lanterna, contei meu problema a ele.

– Tenho um problema, Vovô – falei, despejando um pouco de creme de polir no meu paninho preferido.

– O que foi, contramestre?

Vovô me chama de contramestre, que significa a segunda pessoa no comando.

– Meu problema... são os problemas. Não tenho para quem contar meus problemas. Mamãe e Papai estão sempre ocupados demais.

– Isso realmente é um problema – Vovô disse, espalhando um pouco do creme de polir em uma das lentes. – Todo mundo precisa de alguém para conversar.

– Então. Eu pensei que o senhor poderia ser o meu alguém. Vovó diz que o senhor não faz muita coisa além de polir as lentes.

– É mesmo? Sua avó diz isso?

– Diz. Ela diz que o computador do farol faz todo o trabalho e que o senhor fica aqui em cima só fingindo que está ocupado.

– Entendi. Então você acha que tenho muito tempo para escutar seus problemas?

– Acho que sim.

Vovô interrompeu o que estava fazendo.

– Tudo bem, contramestre, vamos fazer um acordo. Eu ouço suas histórias tristes se você ouvir as minhas.

Achei justo, então estendi a mão.

– Fechado.

Vovô apertou minha mão.

– Mas só uma história por semana. Não quero ir dormir chorando todo sábado à noite.

– Uma história por semana.

— E, se forem só probleminhas, exagere um pouco, só para manter as coisas interessantes. Gosto de histórias com animais selvagens.

— Tudo bem, Vovô — falei, embora nenhuma das minhas reclamações tivesse nada a ver com animais selvagens. O vizinho tinha um gato ameaçador, que sempre sibilava para mim, mas isso provavelmente não contava.

Vovô acabou o polimento e guardou o paninho no cinto.

— Então, muito bem. Primeira rodada no sábado que vem. Espero que alguma coisa muito ruim aconteça com você porque há anos estou querendo desabafar algumas histórias.

E, por mais engraçado que pareça, de alguma maneira eu também esperava que algo ruim acontecesse comigo. Algo que envolvesse animais selvagens.

CAPÍTULO 3

Papel-alumínio

Eu estava ansioso para ir a Duncade no fim de semana seguinte. Estava louco para contar ao Vovô o que tinha acontecido comigo na escola. No momento em que tudo estava acontecendo eu já estava pensando que aquela seria uma ótima história para contar ao Vovô. A única coisa que estava faltando era um gorila, ou talvez um macaco soltando gritos.

Vovô não me deixou falar antes de começarmos a polir as lentes.

– Muito bem, contramestre – ele disse então. – Vamos ouvir essa história. Seu rosto está vermelho de tanto esforço que você está fazendo para se segurar.

– É muito vergonhosa – eu disse, traçando com meu paninho um grande círculo nas lentes empoeiradas. – Você nunca vai ter uma história pior do que essa.

– Vamos ver, contramestre. Vamos ver.

Então eu contei ao Vovô o problema daquela semana.

– Nada de muito importante tinha acontecido durante a semana e achei que não teria nada para contar ao senhor. Aí chegou a quinta-feira.

– Como costuma acontecer – Vovô disse.

– E lá estava eu. Na sala de aula. Sendo um aluno brilhante, como sempre.

– Que pesadelo – Vovô disse.

– Não. Não é isso. A parte vergonhosa aconteceu mais ou menos às duas da tarde. Quando tive que perguntar à nossa professora, uma *mulher*, se podia ir ao banheiro.

Vovô parou de polir.

– Só isso? Diga que tem mais.

– Tem mais, sim. Fui ao banheiro e não tinha papel. Mas só percebi depois que eu já tinha terminado. Se é que o senhor me entende.

– Ah... – Vovô disse. – Isso pode ser complicado.

– Então eu tive que gritar para a professora levar papel para mim – falei, cobrindo o rosto com as mãos. – Todo mundo ouviu. Fiquei morto de vergonha. Foi terrível. O senhor não faz ideia.

Era gostoso compartilhar minha história com o Vovô. Só de falar a respeito, minha lembrança se tornou menos vergonhosa.

Vovô bufou.

– Isso não é nada. Você quer uma história vergonhosa de banheiro? Então, ouça. Quando *eu* era jovem, não tínhamos dinheiro para comprar papel higiênico. Então, minha mãe usava qualquer coisa que estivesse por perto. No início, usávamos jornal; depois, sacos de pão; depois, pedaços de caixas de papelão. Uma vez, tive até que usar papel-alumínio.

– Papel-alumínio?

Vovô balançou a cabeça com tristeza, confirmando.

– É. Meu traseiro ficou imantado por uma semana. Aonde quer que eu fosse, bússolas e tachinhas me seguiam. Aprendi a olhar para trás antes de me sentar.

– Nossa!

– Pois é – Vovô disse. – Essa, sim, é uma história de banheiro vergonhosa. Você

tem certeza de que quer continuar a trocar reclamações? Porque, para ser franco, quase cochilei durante a sua história.

– Quero continuar contando e ouvindo histórias, sim. Tenho certeza de que algo terrível vai acontecer comigo semana que vem.

Infelizmente, a pior coisa que aconteceu na semana seguinte foi que perdi meu lápis. Quando contei isso ao Vovô, ele respondeu com a história de quando sua bolsa da escola foi roubada por um texugo que a confundiu com outro texugo.

Na semana seguinte, eu tinha certeza de que ganharia. O barbeiro escorregou quando estava aparando o cabelo da minha nuca com a máquina e deixou uma faixa careca que chegava até o topo da minha cabeça. Vovô olhou bem a faixa careca, depois tirou a boina e me mostrou o lugar onde um tubarão havia mordido sua cabeça.

– Essa foi boa – admiti, depois perguntei se ele podia me emprestar a boina.

Não tinha jeito. Se alguma coisa acontecia comigo, outra 1 milhão de vezes pior já tinha acontecido com o Vovô. Ele simplesmente recorria ao passado e saía com aquelas histórias incríveis. Eu não tinha como superá-lo. Ele tinha 70 anos e eu, só 9, por isso ele tinha muito mais lembranças para escolher. Mas também, nunca tinha acontecido nada realmente terrível comigo. Nada que se comparasse a uma mordida de tubarão na cabeça. Ou, se alguma coisa tivesse acontecido, devia ter sido quando eu

ainda era muito pequeno. Alguma coisa da qual eu não conseguia me lembrar.

Decidi que teria que perguntar ao Papai. Ele se lembraria se alguma coisa terrível tivesse acontecido quando eu era bebê. Alguma coisa que nem o Vovô conseguiria superar.

Capítulo 4

A jujuba

Consegui encontrar Papai sozinho na quarta-feira seguinte. Geralmente, Marcos grudava no nosso pai assim que ele punha os pés em casa, mas, por sorte, Marcos estava de cama, com um abscesso no dente.

Esperei Papai tirar o cinto de carpinteiro e se sentar à mesa da cozinha com uma xícara de chá antes de falar com ele.

– Papai, preciso perguntar uma coisa.

– Pediu permissão ao Marcos? – ele brincou.

– Marcos não está podendo falar hoje. Toda vez que ele abre a boca, o ar frio faz o abscesso doer.

– Certo, muito bem. Quer dizer, muito mal. Fico triste porque o pobre do Marcos está sentindo dor, mas fico contente porque nós podemos conversar. Então, sobre o que você quer conversar, Duda?

Sentei numa cadeira.

– Eu e Vovô estamos fazendo uma espécie de competição. Todo sábado, conto a ele meu principal problema da semana, e depois ele me conta um dos problemas dele de muito tempo atrás.

– Parece bem legal – Papai disse. – É bom ter alguém com quem conversar. E você *é* o contramestre, então, quem melhor do que seu avô?

– Foi o que pensei, mas...

– Mas o quê?

– Mas as histórias do Vovô são muito melhores do que as minhas. Têm tubarões, texugos e papel-alumínio. As minhas só têm máquinas de cortar cabelo e papel higiênico.

Sério, Papai assentiu com a cabeça.

– Tubarões são mais legais do que máquinas de cortar cabelo.

– Não consigo me lembrar de nada terrível que tenha acontecido comigo. Nadinha.

Papai coçou a barbicha no queixo.

– Bem, aconteceu *uma* coisa. Você só tinha 2 anos na época e provavelmente não se lembra.

Arregalei os olhos.

– Foi terrível?

– Ah, foi.

– E perigosa?

– Muito.

– Conte, Papai. E não esqueça nenhum detalhe. Preciso da verdade, a perigosa e terrível verdade.

Então, Papai me contou a história. Era perigosa e terrível, mas o melhor de tudo é que era verdadeira.

Sete anos atrás, só havia três irmãos na família Woodman, afinal, Bruno e JC ainda não tinham nascido. Daniel era bebê e passava a maior parte do tempo tendo suas fraldas trocadas e tentando escapar do cercadinho. Só Marcos e eu podíamos passear pela casa. Não me lembro de nada disso; estou acreditando cegamente no Papai. Mas até hoje, sete anos depois, me lembro de uma coisa: o bebê de jujuba de toda semana.

Toda sexta-feira, Vovó vinha de Duncade para visitar os netos. Quando ela entrava, sempre cantava a primeira frase de uma canção inventada:

– Quem é o melhor menino do mundo? – ela cantava, fazendo uma dancinha saltitante. E quem conseguisse completar a canção com as palavras "sou eu" ganhava um prêmio especial. Uma jujuba gigante e vermelha, em forma de bebê, e tão grande que dava para chupar a tarde toda.

Marcos sempre ganhava o precioso prêmio porque só ele sabia falar. Ele começou a falar com 1 ano e meio, enquanto eu não dizia muita coisa até quase completar 3 anos. Vovó dava jujubas de tamanho normal para os outros, mas todos nós ficávamos com inveja da jujuba gigante e vermelha, até Daniel, que só sabia grudar no cabelo as balas que ganhava e, depois, ficava se perguntando por que as abelhas viviam atrás dele.

Marcos tinha muito orgulho da sua jujuba gigante. Era uma das coisas que o distinguiam como líder do bando. Toda sexta-feira, depois de ter se apoderado da jujuba, ele me procurava e fazia uma brincadeira cruel.

– O que é isto? – ele perguntava, levantando a jujuba.

– Uma jujuba – eu choramingava, sabendo o que estava por vir.

– E isso é duro? – era sempre a segunda pergunta do Marcos.

– Não, é mole – eu respondia, sabendo que era aquilo que Marcos queria ouvir.

– Então, isto aqui deve ser você – Marcos concluía, e arrancava com uma mordida feroz um pedaço da jujuba.

– Buááááá! – Eu, em choque, abria o berreiro. Se estivesse em um dia particularmente cruel, Marcos espremia a jujuba até virar uma gosma vermelha e disforme.

– Estas são as suas tripas – ele declarava. Àquela altura, a versão de mim mesmo, aos 2 anos de idade, saía correndo aos gritos para contar à Mamãe o que Marcos havia feito.

Infelizmente, eu só conhecia umas trinta palavras naquela época, então a única coisa que eu conseguia dizer para a Mamãe era:

– Marcos comeu jujuba vermelha.

E isso não parece muito grave, não é mesmo?

E assim foi durante muito tempo. Desde que ele ganhasse a bala gigante e nós, as de tamanho normal, nosso irmão mais velho ficava satisfeito. Mas toda sexta-feira eu queria completar a canção da Vovó e ganhar o prêmio gigante antes que Marcos pudesse me provocar com ele.

Minha chance foi numa manhã de uma sexta-feira, quando Vovó chegou mais cedo. Marcos estava na cozinha quando a porta da casa se abriu. Daniel estava no cercadinho e eu, perfeitamente posicionado na entrada.

Vovó entrou cantando:

– Quem é o melhor menino do mundo?

Fiquei tão ansioso que não consegui dizer as palavras, então murmurei:

– Sssueu – murmurei.

Vovó fez cócegas no meu queixo.

– Você disse alguma coisa, pequeno Duda?

Fechei os olhos, respirei fundo e disse com clareza:

– Sou... eu.

– Bem – disse Mamãe, que estava passando a caminho da cozinha –, parece que você vai precisar trazer duas jujubas gigantes daqui pra frente. Agora temos um outro menino crescido aqui.

Então, Vovó tirou um guardanapo da bolsa e desembrulhou a jujuba. Ela estava lá, na palma da mão dela, vermelha, suculenta e perfeita. Peguei com cuidado, como se fosse a joia mais preciosa da coleção de um pirata.

A jujuba gigante era minha.

Eu dei uma lambida, para ter certeza de que era de verdade, depois, enfiei tudo na boca de uma vez só, para evitar que uma certa pessoa tentasse roubá-la de mim.

Marcos saiu da cozinha bem na hora em que um fio de baba grosso e vermelho escorreu pelo meu queixo. Por um instante ele não entendeu o que estava acontecendo, mas depois viu Vovó com o guardanapo vazio na mão.

– Minha jujuba! – ele disse. – Mas eu é que sou o menino grande daqui!

Eu estava esperando explosões e trovoadas. Quando Marcos perdia a calma, a cena podia ser espetacular. Mas não houve explosões naquele dia. Marcos simplesmente virou as costas e saiu da sala sem dizer mais nada.

Se eu soubesse o que estava por vir, talvez tivesse preferido as trovoadas.

Capítulo 5

Dentro do suéter

Quando Marcos me viu comendo a jujuba gigante, tomou uma decisão. A decisão era que não havia espaço suficiente na casa para dois devoradores de jujubas gigantes. Um de nós tinha que ir embora, e não seria ele. Marcos decidiu que era melhor eu ir morar em algum outro lugar, mas a questão era como me fazer ir embora. Ele sabia que eu gostava muito da Mamãe e do Papai e que talvez não fosse concordar com a ideia de me mudar.

Marcos ficou pensando um tempo. Ele era um grande fã de programas sobre a natureza, então decidiu que a melhor maneira para descobrir como me fazer ir embora era me observar do mesmo jeito que os ornitólogos observam os pássaros. Marcos construiu uma pequena tenda atrás do sofá com um cobertor e três travesseiros, depois engatinhou lá para dentro com algumas provisões para espiar seu irmãozinho bebê. Minha avó achou tudo aquilo divertido e muito meigo, mas não sabia o que realmente estava acontecendo.

Marcos ficou na tenda pelo menos vinte minutos, o período mais longo que ele já havia ficado em um mesmo lugar. Até na cama Marcos ficava se mexendo como se estivesse ligado na tomada. Muitas vezes ele pegava no sono numa cama e acordava em outra.

Naqueles vinte minutos, meu irmão mais velho descobriu três coisas a meu respeito. Primeiro: eu babava muito. Segundo: eu ainda não tinha aprendido a usar o banheiro e minhas fraldas precisavam ser trocadas com uma frequência bastante considerável. E terceiro: eu adorava andar sobre linhas retas. Isso eu ainda faço. Toda vez que vejo uma linha reta no caminho, na rua ou no carpete, gosto de ir seguindo, fingindo que sou um equilibrista de circo. Nada me deixa mais feliz do que andar sobre uma linha reta.

Marcos pensou um pouco nessa minha mania e teve uma ideia. Se ele conseguisse encontrar uma linha reta bem comprida para eu seguir, eu sairia de casa e acompanharia a linha até chegar em uma outra casa, que passaria a ser meu novo lar. Não parece um plano particularmente brilhante, mas, para uma criança pequena, não é nada mal.

Por coincidência, Marcos sabia exatamente onde encontrar uma linha reta daquele tipo, mas ficava em um lugar ao qual estávamos proibidos de ir. Um lugar perigosíssimo que Marcos havia visto do carro. Ele decidiu que, por um suprimento semanal de jujubas gigantes, valia a pena arriscar.

Marcos esperou até que Mamãe e Vovó estivessem na cozinha e saiu engatinhando da tenda até o lugar onde eu estava dançando ao som de uma música que só existia na minha cabeça, como crianças de 2 anos costumam fazer.

– Ei, Duda – ele disse, batendo na minha testa para ver se havia alguém lá dentro. – Quer brincar?

Esfreguei meu cabelo, mas não fiquei chateado. Marcos batia na minha cabeça

com tanta frequência que eu achava que era assim que crianças se cumprimentavam.

– Brincar – falei, assentindo. Marcos quase nunca me chamava para brincar. Na verdade, ele achava que brincar com os irmãos mais novos era um castigo e preferia implorar para ser mandado para a cama.

– Então – ele disse. – Vamos brincar de seguir a linha.

– Seguir a linha – concordei.

Marcos pôs um dedo nos lábios.

– Esta é uma brincadeira secreta. Não conte para a Mamãe.

Pus um dedo nos lábios e assoprei, lançando sem querer alguns perdigotos tingidos de vermelho.

– Brincadeira secreta – falei, tentando piscar um olho.

Quando eu era pequeno, piscar um olho e assobiar eram as duas coisas que eu achava que conseguia fazer, mas não era o caso. O que eu estava realmente fazendo era piscar os dois olhos e zumbir.

Marcos limpou os perdigotos do rosto com minha orelha esquerda. Não a minha orelha de verdade, a orelha do macacão azul de coelhinho que eu estava usando. Ainda me lembro daquele macacão de coelhinho. Eu o usei até os 4 anos, embora fosse para crianças de 12 a 18 meses. No final, Mamãe teve que cortar os pés do macacão para que eu pudesse me enfiar lá dentro a muito custo. Eu adorava aquela roupa de coelhinho, especialmente o capuz de lã que protegia minhas orelhas do vento e as duas orelhas de coelho que balançavam quando eu corria. Era como se fosse um cobertor de conforto que me envolvia por inteiro. Marcos usava as orelhas do macacão para limpar tudo que ele derramava e vivia agarrando a minha cabeça e me arrastando para secar alguma coisa.

– Eu sei onde fica a maior e melhor linha reta do mundo. Quer ver?

Arregalei os olhos.

– Quero, por favor. – Sempre fui muito educado.

– Tudo bem. Então você precisa entrar no meu suéter.

Dentro do Suéter era uma brincadeira que costumávamos fazer, quando Marcos se dignava a brincar com um dos irmãos mais novos. Era fácil de aprender. Você simplesmente entrava por baixo do suéter de Marcos, passava a cabeça e os braços pelos buracos e, depois, andava todo desengonçado pela casa gritando que nem um monstro com duas cabeças e quatro braços. Mamãe e Papai sempre gostavam de nos ver brincar de Dentro do Suéter, a não ser que Marcos estivesse usando seu melhor suéter.

O que eu não sabia era que, quando fazíamos essa brincadeira, a segunda pessoa dentro do suéter não podia ser vista por quem estava atrás de Marcos. Vovó e Mamãe só conseguiam ver Marcos, e devem ter achado que eu tinha entrado no cercadinho com Daniel.

Marcos bateu na minha nuca e, como meu braço estava dentro da manga do suéter dele, eu também bati na minha própria cabeça.

– Coloque os pés em cima dos meus – ele ordenou.

– Pés, Maco – concordei, e posicionei minhas botas azuis em cima do tênis dele. Quando eu tinha 2 anos, nem sempre conseguia pronunciar Marcos direito, então às vezes eu o chamava de Maco.

– Marcos! Mar-cos! Isso, andar em cima da linha. Precisamos sair pelo portão.

Fiquei horrorizado.

– O portão?

– É, sair pelo portão. Você vem ou não?

– Venho – eu disse. Embora não tivésse-mos permissão para ir além do portão, eu não queria perder a melhor linha reta do mundo.

– Muito bem. Então cale a boca. Esta brincadeira é para ser secreta.

Fiquei quieto. Todo mundo sabia que as brincadeiras secretas eram as melhores. Até uma criança de 2 anos sabia disso.

Então, Marcos saiu pela porta dos fundos e entrou no nosso quintal. De lá, ele deu a volta na casa e usou um bastão para abrir o portão interno. Cinco anos mais tarde, JC usaria o mesmo bastão para abrir o portão. Era um bastão resistente.

Depois de abrir o portão interno, Marcos suspendeu o suéter e eu caí.

– Muito bem, coelho azul – ele disse. – Corra atrás do Marcos.

– Corra atrás do Marcos – eu disse enquanto me levantava.

Eu estava ficando muito empolgado. A melhor linha reta do mundo estava ali perto. No meu cérebro de 2 anos, imaginei uma linha branca brilhante no céu formando um laço igual ao do cadarço de um sapato, mas que, em vez de um nó duplo, tinha um rosto.

– Depressa – disse Marcos, sabendo que Mamãe poderia descobrir nossa fuga a qualquer segundo.

Saí atrás do Marcos, as orelhas de coelho balançando, até o portão de entrada, aquele na frente da casa. Esse era o limite do meu mundo. Eu nunca havia ultrapassado o portão externo sem um adulto.

– Portão – eu disse nervoso.

– Portão – concordou Marcos, agarrando o trinco com as duas mãos. Ele se dependurou naquele trinco como um macaco, até que seu peso o abriu. Aquela era realmente uma habilidade valiosa. Sabe-se lá havia quanto tempo Marcos estava fugindo para o mundo lá fora daquela maneira.

O portão se abriu e, de repente, tive a sensação de que o barulho lá de fora ficou muito mais alto.

– Mamãe – eu disse, minha boca tremendo.

Marcos sabia que estava prestes a me perder e que precisava pensar rápido.

– Olhe! – ele gritou, apontando. – A linha!

– Linha! – gritei em êxtase, e atravessei o portão atrás de Marcos, entrando na zona proibida.

Nossa casa ficava em um condomínio novinho, no meio de um bairro também novinho. À nossa volta, havia uma infinidade de pequenos montes de areia e cubos gigantes de concreto.

Ignoramos os balanços e gira-giras novos do parquinho e fomos direto para a misteriosa e fascinante linha. Enquanto atravessávamos a grama, a linha imaginária na minha cabeça me chamava.

Mais depressa, mais depressa. Estou esperando por você.

Logo chegamos ao limite do condomínio. A única coisa que nos separava do resto do mundo era uma grade de aço, e hoje em dia, ao pensar nisso, entendo que uma pessoa como Marcos nunca se deixaria vencer por uma mera grade de aço.

Obviamente, meu irmão encontrou uma brecha sob a qual podíamos nos esgueirar.

– Os cachorros passam por aqui – ele explicou, me puxando pelas orelhas de coelho. Ele tinha razão. Meu macacão de coelho ficou cheirando a cachorro. Agora, Mamãe teria que lavá-lo de novo e eu ficaria perto da secadora até que ele estivesse pronto para ser usado.

Estávamos agora na beira de uma estrada enorme. As estradas eram os lugares mais proibidos do mundo – por onde passavam carros em alta velocidade e caminhões barulhentos com grades dianteiras que pareciam dentes de dinossauro prontos para devorar garotinhos bobos o suficiente a ponto de pôr um pé no asfalto.

– Estrada – eu disse com uma voz trêmula e preocupada.

– Esta é uma estrada especial – disse Marcos. – Olhe! Não tem nenhum carro!

Marcos tinha razão. Não havia carros. Nem unzinho. Para provar, ele ficou dançando no meio da estrada preta, balançando os braços e berrando feito um macaco, desafiando os carros a ir pegá-lo.

Hoje eu sei que não havia carros porque a estrada não estava terminada. Fazia parte de uma nova autoestrada que ligaria nossa cidade a Dublin.

Marcos apontou para o chão.

– Aqui está a linha. Veja!

Meus olhos acompanharam o dedo de Marcos. Lá, correndo pelo meio da estrada, estava a linha branca mais linda que eu já tinha visto. Era larga e salpicada de pontos brilhantes. Fiquei imediatamente enfeitiçado.

Siga-me, Duda, disse a linha. *Siga-me para sempre.*

E a linha parecia mesmo continuar para sempre, estendendo-se a perder de vista.

– Siga a linha – disse Marcos, incentivando-me com um leve puxão na minha orelha esquerda.

Tentei resistir. Tentei muito dar meia-volta e correr para casa, mas o chamado da linha era forte demais. Agora, sei que estava hipnotizado pela sua retidão e seu brilho.

Fui andando até o meio da nova e imaculada estrada e pus um pé azul em cima da linha. Nada de ruim aconteceu, então pus o outro pé na frente do primeiro, os dois bem juntinhos. Aquela era a maneira certa de se caminhar sobre uma linha.

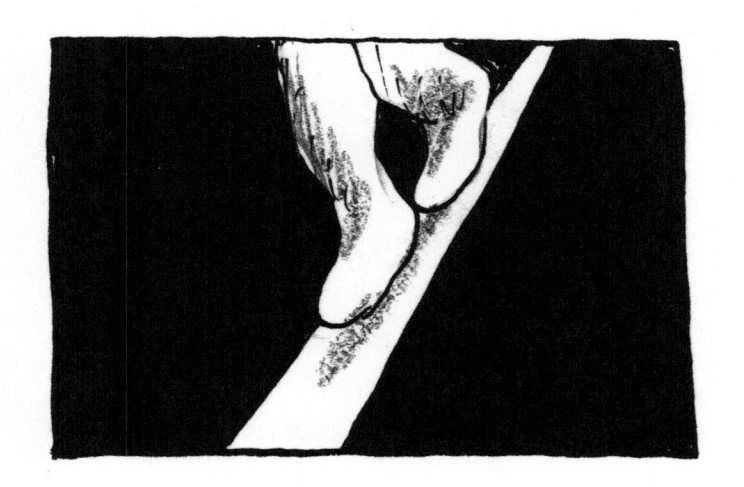

Marcos ficou extasiado.

– Está vendo? Agora é só continuar. É só seguir em frente, para sempre. Se você encontrar uma casa com gente dentro, cachorros, periquito e coisa e tal, pode ir morar com eles e comer as jujubas gigantes *deles*.

Não ouvi nada depois da primeira parte.

Agora é só continuar. É só seguir em frente, para sempre.

Dei um passo de bebê e, depois, outro. Todo o resto sumiu do meu minúsculo cérebro de bebê, a não ser o desejo de continuar andando sobre aquela linha para sempre. Era realmente a melhor linha do mundo porque, além de vê-la, eu podia senti-la. Formava uma saliência na estrada como uma faixa feita de massinha. Esqueci meus pais, esqueci meus irmãos e as jujubas. A única coisa na minha cabeça era aquela linha maravilhosa.

– Tchauzinho, Eduardo – disse Marcos. – Espero que você encontre uma casa legal, muito muito longe.

– Tchau tchau, Marcos – respondi, e comecei meu percurso pela maravilhosa linha.

Funcionou, Marcos pensou, esgueirando-se por debaixo da grade e correndo para casa na esperança de que Mamãe não tivesse dado por sua falta. Marcos conseguia correr bem rápido quando estava com pressa, e marcava o tempo a partir da grade. Ele nunca soube contar direito, então marcava o tempo cantando "Atirei o pau no gato" e vendo até que parte da música conseguia chegar. Na parte do "não morreu – reu – reu..." ele já tinha chegado à porta dos fundos.

Enquanto isso, eu estava todo feliz seguindo a linha. Eu era um ótimo seguidor de linhas e meus pés quase nunca tocavam no asfalto. O que também era bom porque o piche ainda estava molhado e pegajoso em alguns pontos e, toda vez que eu pisava na estrada, um filete preto e borrachudo grudava no meu pé e formava uma espécie de trilha atrás de mim como se fosse chiclete. Mas nem aqueles filetes grudentos conseguiam estragar meu prazer de seguir aquela linha maravilhosa.

Eu ia em frente, um pé na frente do outro, bem juntinhos. Depois de um tempo, cheguei a uma leve curva na estrada. Fiquei um pouquinho decepcionado; uma linha que seguia uma curva não pode ser uma linha reta. Mas decidi perdoá-la e continuar caminhando. Afinal de contas, a linha voltava a ser reta depois da curva. Na verdade, quando chegava nos cones cor de laranja de sinalização do tráfego, na junção da nova estrada com a velha, por onde passavam todos os carros, a linha era reta como uma flecha.

Capítulo 6

Pelas orelhas

Marcos entrou sorrateiramente em casa e tentou parecer tranquilo e inocente. Quando estava descansando, Papai punha os pés em cima do sofá e lia o jornal. Então, Marcos pegou da mesa o jornal local e o abriu em cima de si mesmo no sofá. O jornal era tão grande que Marcos parecia estar em outra tenda improvisada. Tanto que, quando saiu da cozinha e viu a cabeça de Marcos despontando por debaixo do jornal, Mamãe pensou que ele estivesse brincando de acampamento.

– Outra bela tenda, Marcos – ela disse, fazendo carinho no queixo dele.

– Desculpe, Mamãe – Marcos disse. – Não posso falar. Estou lendo notícias importantes.

– Entendo – Mamãe disse, séria. – Tem muita coisa importante acontecendo na cidade esta semana. – Ela bateu com o dedo em um artigo na primeira página. – Em breve vão abrir a estrada nova. Este lugar vai ficar muito mais barulhento, e perigoso, com todos aqueles carros e caminhões. Vamos precisar tomar mais cuidado daqui em diante.

Marcos não gostou do som de "tomar mais cuidado". Ele tinha acabado de deixar o irmão mais novo na estrada.

– Ca-carros e ca-caminhões? – ele disse, nervoso. Quando Marcos ficava nervoso, ele gaguejava.

– Pois é. Aquela estrada nova será o principal caminho até Dublin. Todos os caminhões que saem da balsa vão passar por lá. Papai vai colocar um trinco mais forte no portão para que o Duda fique longe dos carros. Você sabe que ele não para quieto. Até agora, a única coisa que separa a estrada nova da velha é um monte de cones de sinalização. O último lugar em que uma criança deve estar é perto daquela estrada nova.

Marcos ficou mais branco do que as partes do jornal sem nada escrito.

– Qual é o problema, Marcos? – Mamãe perguntou, reconhecendo a cara de culpado do Marcos.

Marcos não disse nada. Ele não queria que eu me machucasse, mas também não queria se meter em encrenca, e na sua cabeça, eu já tinha me mudado para a casa de outra família.

– Marcos! O que você fez?

Mamãe me procurou pela sala. Geralmente, quando Marcos fazia algo de errado, eu é que sofria as consequências.

– Marcos, onde está Eduardo? Onde está seu irmãozinho? – Então Mamãe se lembrou do assunto sobre o qual ela e Marcos tinham acabado de conversar.

– Essa não! Você o levou para a estrada, não foi?

Para Marcos, aquela dedução pareceu um passe de mágica. Ele não sabia que as mães sabem quase tudo o que se passa na cabeça dos filhos só de olhar para o rosto deles.

– Foi – ele choramingou. – Eu não sabia dos ca-carros e ca-caminhões. De-desculpe.

Mamãe foi correndo até a cozinha.

– Eduardo está na estrada nova – ela disse para minha avó. – Tome conta dos meninos, por favor. E não deixe Marcos pôr os pés fora daquele sofá. Vamos ter uma conversa séria quando eu voltar.

Marcos escondeu o rosto debaixo do jornal. Por pior que estivesse se sentindo naquele momento, ele suspeitava que logo se sentiria muito pior.

Eu estava avançando devagar em direção aos cones de sinalização cor de laranja. Para ser franco, eu estava ficando um pouco cansado de andar, e os filetes de piche estavam transformando cada passo em uma batalha. O barulho do tráfego estava ficando mais alto e eu já podia ver as nuvens de poeira formando redemoinhos quando os caminhões passavam em alta velocidade. É claro que, aos 2 anos, eu não pensava em palavras como *redemoinhos* e *nuvens de poeira*. Eu provavelmente estava pensando algo como: *Duda cansado. Duda quer Mamãe.*

E, como se meu pedido tivesse sido atendido, ouvi a voz da Mamãe bem atrás de mim. Olhei para trás e lá estava ela, saltando a cerca e correndo pelo meio da estrada na minha direção. Ela balançava as mãos e gritava. É claro que *hoje* eu sei que ela queria que eu parasse onde estava, mas, naquela hora, achei que estivéssemos brincando de pique.

Sempre gostei de uma boa brincadeira de pique, então corri o mais rápido que minhas botas encharcadas de piche me permitiam na direção dos cones cor de laranja. Eles deviam ser o ponto de chegada.

Mamãe gritou mais alto, então corri mais depressa. Aquilo era legal.

– Legal! – gritei. – Eduardo, corre! Mamãe não consegue pegar!

Mas Mamãe conseguiu, sim, me pegar; ela havia sido professora do pré-escolar e costumava correr atrás de crianças fujonas. Ela abaixou a cabeça e saiu em disparada, decidida a me agarrar antes que eu alcançasse a estrada velha e o estrondoso tráfego.

Com vários passos longos de corrida, ela me alcançou segundos antes de eu chegar aos cones. Agarrou minhas orelhas azuis de coelho e me suspendeu no ar.

– Ufa, graças a Deus! – ela suspirou, segurando com força as orelhas. – Esta foi por pouco.

Quando sua respiração acalmou-se, Mamãe percebeu que meu macacão de coelho estava leve demais. Era porque eu não estava lá dentro. Ainda cambaleava em direção aos cones, só com sapatinhos e uma fralda

de pano. Quando Mamãe agarrou as orelhas do coelho e puxou, todos os botões
de pressão do meu macacão se abriram,
permitindo que eu saísse pelos buracos das
pernas.

– Aaaaaahhh! – Mamãe gritou. – Não
acredito!

Mas ela teve que acreditar, porque estava
acontecendo. Eu tinha chegado aos cones e
passado direto para a estrada velha. Lá estava eu, dando pulinhos de vitória, com o
tráfego correndo dos dois lados.

Então, em um momento de desespero, Mamãe fez uma coisa que as mães não devem fazer. Contou uma mentira. Mais ou menos.

– Veja, Duda – ela disse, mostrando a mão fechada em torno do vazio. Depois, cantou: – Quem é o melhor menino do mundo?

– Sou eu! Sou eu! – gritei, e saí correndo para receber meu prêmio.

– É você, sim – Mamãe disse, pegando-me nos braços. – E é o pior menino do mundo também por me dar um susto destes. – Depois, Mamãe me abraçou com tanta força que esqueci completamente da jujuba gigante que deveria ter ganho.

Ela ficou abraçada comigo até passarmos o portão e entrarmos novamente no jardim, longe do perigoso tráfego.

Quando chegamos em casa, todos estavam numa baita encrenca, até mesmo Papai.

– Você deveria ter colocado um trinco mais forte naquele portão! – Mamãe disse.

– É o que vou fazer agora – Papai respondeu, e saiu correndo com a caixa de ferramentas. – Agorinha mesmo.

Depois, foi a minha vez.

– E o que você estava fazendo lá na estrada? Aquele é o lugar mais perigoso do mundo! Até uma criança de 2 anos sabe disso.

– Desculpe, Mamãe – murmurei. Depois me lembrei do prêmio que deveria ter ganho lá na estrada: – Jujuba gigante?

O rosto da Mamãe ficou muito vermelho.

– Jujuba? Agora ele quer uma jujuba! É sorte sua não ficar trancado no cercadinho por um ano. Agora, vá jogar seus sapatinhos no lixo. Estão totalmente destruídos.

Mesmo aos 2 anos, eu sabia que aquele não era o momento para insistir na jujuba.

Marcos ainda estava embaixo do jornal, que estalava como folhas ao vento enquanto ele tremia de nervoso.

– Saia daí, Sr. Martin Woodman – Mamãe disse.

Quando fica muito zangada, ela nos chama pelo nome completo e ainda acrescenta um *senhor* no início.

– Você abriu o portão e deixou Eduardo ir para a estrada nova?

Marcos fingiu que estava lendo o jornal.

– De-desculpa, Mamãe. E-estou le-lendo as notícias.

Mamãe puxou o jornal.

– Esqueça as notícias; temos um furo de reportagem aqui mesmo.

Marcos sabia que havia se metido na maior enrascada da sua vida. Não é fácil uma criança de 4 anos se meter numa encrenca – é só tremer um pouco o lábio e quase tudo é perdoado. Você precisa aprontar alguma coisa *muito* grave para ficar enrascado.

– Nem gaste seu tempo fazendo essa tremidinha do lábio – Mamãe foi logo avisando. – Estou zangada demais para cair nessa.

Marcos decidiu tentar o truque mais velho do manual. Falou devagar, com concentração.

— Eu te amo, Mamãe. E Papai, Eduardo e meu irmãozinho bebê, esqueci o nome dele. Mas amo ele também.

Mamãe não ficou impressionada.

— Eu também te amo, Marcos, mas desta vez você foi longe demais, até mesmo para uma criança de 4 anos. Essa foi a pior coisa que você já fez, por isso vai receber o pior castigo que já dei a alguém.

Voltei para a sala bem na hora de ouvir qual seria o castigo.

— Durante duas semanas, você vai remar na banheira toda noite depois do jantar.

Remar na banheira não parece um castigo sério – pelo menos, não sério a ponto de fazer Marcos urrar no sofá e bater com os calcanhares nas almofadas, como estava fazendo. Mas remar na banheira é mais sério do que parece. Na maioria das casas, os bebês usam fraldas descartáveis que são jogadas fora depois de serem usadas. Na nossa casa, não. Mamãe e Papai estão decididos a fazer sua parte para despoluir o meio ambiente, por isso usam fraldas de pano. *Fraldas reutilizáveis.*

Isso significa que, naquela época, as fraldas fedorentas de dois meninos tinham que ser lavadas. Aquela quantidade de fraldas entupiria a máquina de lavar, então Papai desenvolveu seu próprio método de lavagem. As fraldas eram jogadas em uma banheira de plástico para bebês, ficavam de molho em água quente e sabão em pó e eram remexidas com o remo de uma canoa cortado ao meio. Nenhuma criança jamais havia sido forçada a remexer as fraldas com o remo, mas, com o passar dos anos, aquele se tornaria um castigo apreciado e eficaz. Apreciado pelos nossos pais e eficaz com as crianças.

Obviamente, quanto mais usadas estivessem as fraldas, pior era para remexê-las. Alguns dias eram piores do que outros. Dependia do que houvéssemos comido. Legumes e verduras, por exemplo, eram bons para nossa saúde, mas ruins para nossas fraldas.

E, enquanto Marcos estava lá deitado no sofá, debatendo-se em desespero, Daniel olhou do cercadinho com um sorrisinho em seu rostinho de bebê. Parecia até que ele sabia que Marcos estava numa enrascada e que bastava comer verduras e legumes para piorar as coisas.

Nas duas semanas seguintes, Mamãe ficou espantada ao ver que todos os filhos estavam devorando cenouras e ervilhas na hora do jantar. Queríamos sempre mais. Todos, menos Marcos.

CAPÍTULO 7

A escada em caracol do Perna-de-Pau

Então, essa foi a história que contei ao Vovô no sábado seguinte, no farol. A história de como Marcos me abandonou na estrada nova.

Gostei de contá-la. Era uma história fabulosa, difícil de ser superada.

Quando terminei, vi que Vovô estava impressionado. Ele havia interrompido a limpeza das lentes e estava boquiaberto.

– Tem certeza de que tudo isso é verdade? – perguntou.

– Tenho. Papai me contou.

– Mas é que tem muitos detalhes. Coisas que seu pai não poderia saber.

– Peguei os detalhes com a Mamãe e a Vovó. Até mesmo Marcos se lembra de algumas partes.

Vovô despejou creme de polir no paninho.

– Bem, essa é uma boa história, contramestre. Abandonado na estrada. Seu passado é triste e atormentado.

Abri um sorriso de orelha a orelha, feliz por ouvir aquilo. Eu só esperava conseguir achar outra história triste para a semana seguinte.

– Aquele Marcos é um pilantrinha – Vovô acrescentou.

Fiquei surpreso ao me ouvir defendendo Marcos:

– Ele não é tão mau assim. Na época, ele só tinha 4 anos.

– Mas não mudou muito, não é?

– Acho que não – eu disse, pensando na manhã de terça-feira, quando Marcos havia co-

berto uma bola de tênis com papel-alumínio e me convencido de que tinha encontrado uma pedra vinda da Lua, de valor incalculável.

— Esta semana você venceu, contramestre — Vovô disse. — Não tenho nenhuma história melhor.

— Levar uma mordida de tubarão na cabeça também é uma boa história, Vovô — falei generosamente.

Vovô afagou meus cabelos com a mão livre.

— Eu também achava, até ouvir a sua história.

Quando terminamos de limpar as lentes, descemos os 116 degraus até o térreo. Vovô parou no primeiro degrau, o gigante, e se sentou. Bateu com a mão no degrau para que eu me sentasse ao seu lado. E foi o que eu fiz.

– Sabe de uma coisa, Duda, já que você é meu contramestre, acho que eu deveria contar a lenda da escada em caracol do Perna-de-Pau...

– Essa eu já conheço – interrompi. – O senhor já me contou. O Perna-de-Pau não conseguia subir os degraus por causa da altura e os reduziu com uma talhadeira ao longo dos anos, mas morreu antes de terminar o último.

Vovô deu uma piscadela.

– Bem, essa é a história oficial. É o que contamos aos turistas. Só os faroleiros e seus contramestres conhecem a história verdadeira, e acho que está na hora de contá-la a você. Quer ouvir?

Fiz que sim com a cabeça. Que menino de 9 anos não ficaria interessado em ouvir uma história secreta?

Vovô chegou um pouco mais perto para que ninguém mais pudesse ouvir.

– A verdade é que o velho Perna-de-Pau não tinha problema nenhum para subir os degraus; ele tinha era uma perna de madeira especial, mais curta, que o ajudava nas curvas.

– Então por que ele reduziu a altura dos degraus? – sussurrei.

– Ele não reduziu nada – Vovô disse. – O Perna-de-Pau estava tão cansado de ouvir o sogro reclamar da altura dos degraus que construiu o primeiro.

– Por que ele fez isso? – perguntei a mim mesmo em voz alta.

– Porque, quando o sogro veio visitá-lo no ano seguinte, o Perna-de-Pau pôde dizer que havia reduzido a altura de todos os degraus só para ele, menos o primeiro, porque ainda não tinha tido tempo.

– O sogro dele não percebeu?

– Não – Vovô disse, soltando um risinho.
– O primeiro degrau é tão alto que todos os
outros parecem baixos. O sogro agradeceu
e ficou achando que ele era o melhor gen-
ro que um homem poderia ter. Até deixou
mil libras para o Perna-de-Pau em seu testa-
mento, e nunca mais reclamou dos degraus.
Na verdade, ninguém nunca reclama dos

degraus porque o degrau gigante faz com que os outros pareçam pequenos.

Vovô piscou um olho para mim.

– Essa história tem uma moral, sabia? Na verdade, ela é como nossas sessões de reclamações aos sábados.

– O que é a moral da história?

Vovô ficou de pé.

– Você precisa descobrir sozinho.

Franzi a testa.

– Não, Vovô, quero saber *o que é* uma moral. O que preciso descobrir sozinho?

– Uma moral é uma mensagem secreta dentro da história.

– Que nem um código de espião?

Vovô me golpeou com um dos seus paninhos.

– Não. Não é como um código de espião. Parece mais uma segunda história oculta.

– Que nem tinta invisível?

– Não, contramestre – ele disse, fingindo me estrangular. – É como se a própria história traçasse um quadro que não está nas palavras.

– Que nem hieroglifos?

Vovô fez uma careta.

– Tem certeza de que você é meu neto, burrico? Desisto. Pergunte a sua mãe, ela é que é a professora da família.

Então eu perguntei a Mamãe no carro quando voltávamos para casa.

– Mamãe, o que é a moral de uma história?

E Mamãe disse:

– Bruno, tire o dedo do nariz. – E depois: – Daniel, não ajuste o espelho para se olhar. – E ainda: – JC, largue a meia do seu irmão. – E finalmente: – A moral de uma história é a lição que a história nos ensina.

– Por exemplo? – Com Mamãe, sempre tinha um *por exemplo*.

– Por exemplo, "A tartaruga e a lebre". A moral dessa história é que, às vezes, é melhor fazer uma coisa devagar e com cuidado do que se apressar.

Pensei sobre aquilo algum tempo. Qual era a moral da escada em caracol do Perna-de-Pau? Vovô disse que o degrau gigante fazia com que os outros parecessem pequenos. O que aquilo tinha a ver com nossas sessões de sábado? Só conversávamos sobre nossos problemas, e os do Vovô sempre tinham sido maiores do que os meus. Até aquele dia.

De repente, eu entendi, porque sou extremamente inteligente, como está escrito na parte para comentários do meu boletim. Os nossos problemas eram como os degraus do Perna-de-Pau. E os grandes problemas do Vovô faziam com que meus problemas sempre parecessem menores. Vovô estava fazendo com que eu me sentisse melhor sem que eu nem percebesse. Até aquele dia. Talvez naquele dia eu tivesse feito Vovô se sentir melhor.

Sorri, e Mamãe me viu pelo espelho retrovisor.

– Você parece estar satisfeito consigo mesmo, Duda. Sabe qual é a moral de uma história agora?

– Ah, sim – respondi. – Agora eu sei.

Este livro foi composto na tipologia
Classical Garamond BT, em corpo 13/18,
e impresso em papel off-white 90g/m^2,
na Markgraph.